AF602805

A MITRAILLE!

SUR

LES AGIOTEURS.

PAR UN PAYSAN.

PARIS.

ALBERT FRÈRES, ÉDITEURS,

67, RUE RICHELIEU.

—

1847

Imprimerie Dondey-Dupré, rue Saint-Louis, 46, au Marais.

A MITRAILLE!

FEU SUR L'AGIO.

I.

Quel démon vous irrite et vous porte à médire ?
BOILEAU.

Vous ne serez peut-être pas fâché, lecteur, de savoir qui je suis, et à qui vous avez affaire : — contrairement aux gens de rien, qui sont devenus quelque chose, je suis, ma foi, le père de mes œuvres ; — car je n'ai pas, comme eux, la petite vanité de croire à un mérite souvent très-équivoque, et qui fait dire à un sot : Admirez-moi. — Ces suffisances-là n'ont jamais logé sous notre toit.

Cependant, si, au lieu de verser leur sang pour la France, mes aïeux avaient joué de l'agio, si, au lieu de sabrer l'Anglais, ce qui était permis en ce temps-là, mon père eût fait comme M. Rothschild et autres, — il serait possible qu'aux yeux de bien des gens je fusse vertueux ; — mais, de la *vertu* pas trop n'en faut, je crois même n'en pas avoir du tout, c'est au moins phénoménal ! [1].

Aussi, que résulte-t-il d'un semblable prodige? moi et les miens, plus, trente-cinq millions de mes concitoyens qui me ressemblent, sommes des êtres plutôt inutiles qu'utiles, sauf cependant très-indispensables à ceux qui

[1] Voir Note 1.

vivent de nos labeurs, agiotent sur notre main d'œuvre, et s'habituent à croire que nous sommes venus au monde à ces conditions.

Puisque, en dépit de la raison et la loi de Dieu, des hommes ont fait la part de chacun, et que notre lot est la misère, prenez vos informations chez ces notabilités, et vous saurez qui je suis, moi, comme tous ceux qui ont le crime de la pauvreté.

— Vous connaissez ce pamphlétaire?

— Parbleu! oui; — un véritable original, qui fait du droit, du légal, de la religion, à sa manière.

— Comment cela?

— Il prétend que le droit doit découler naturellement des lois de Dieu, et que les trente-cinq millions de prolétaires français sont lésés, puisqu'ils n'ont point participé à celui d'établir celles qui les régissent; — que la légalité ne peut résider que dans la souveraineté du peuple, parce qu'il est en état de se faire justice et de connaître ses besoins; — que l'Évangile a été dénaturé par les prêtres, qui se sont créés avec, une société anonyme, dont eux seuls sont les administrateurs et les actionnaires, sans bourse délier.

— Il a peut-être raison?

— Vous plaisantez! — un vrai propre à rien, qui a de la répugnance à faire de ces petites choses que nous faisons, nous, sans pour cela compromettre notre réputation [1]; — un pauvre, qui ne sera jamais qu'un pauvre, parce qu'il fait le dégoûté et prétend nous montrer qu'il a plus de vertus que de vices; — un brutal, qui ne met aucun procédé pour vous dire la vérité en face, comme si, de nos jours, il ne fallait pas quelques formes dans ses discours; — un drôle, qui soutient que, pour obtenir un emploi dans les administrations publiques, il fau

[1] Voir Note 2.

avoir des rentes dans sa poche ou des électeurs dans sa manche; — que pour garder un emploi dans le commerce, il faut être au besoin, faussaire et fripon ; — un misérable, qui élève pauvrement sa famille et paye ses dettes quand il peut; — un imbécile, que l'on trouve bon pour rendre service et est indigne de réciprocité; — nn bêta qui a épuisé son petit avoir en opérant sous la sauve-garde de l'honneur et de la bonne foi ; — comme si, en affaire, il est prudent de jeter son pain par la fenêtre au vain nom de l'honneur ; — enfin un être comme on en voit peu ou pas.

— Vous n'êtes pas trop indulgent ?

— Comment? mais si la société était transformée comme il l'entend, si la vérité se faisait jour en tout et partout, il n'y aurait plus de société possible.

— Qu'appelez-vous donc société?

— Mais.....

— Qu'appelez-vous société?

— Ce sont les gens dignes d'en faire partie.

— Quels sont ces gens?

— Ceux qui ne sont point de son avis.

— Alors la société est bien rétrécie, suivant vous?

— Seriez-vous de son avis, par hasard?

— Peut-être.

— Il y en a bien peu?

— Il y en a, au contraire, beaucoup; — trente-cinq millions seulement; c'est-à-dire : — un homme qui boit, dort et jouit, sur cent qui travaillent, meurent de faim et souffrent.

— Vous êtes malade?

— Oui... — de votre dureté d'âme, si jamais vous avez eu de l'âme.

— Vous soutenez là une mauvaise cause?

— Je soutiens la cause des justes et des opprimés, pour qui le Christ s'est dévoué.

— Vous êtes dans l'erreur?

— J'ai la douleur de croire que c'est vous, car la trinité promise aux hommes deviendra un jour sa loi.

— Je ne comprends pas?

— Au nom de la liberté, de l'égalité et de la fraternité, les peuples s'uniront un jour pour se soumettre la terre; et alors seulement, la promesse de Dieu s'accomplira; — car les hommes auront compris leur mission, et la lâcheté aura disparu avec l'oppression et le mensonge.

II.

> Je ne vois rien en vous qu'un lâche, un imposteur,
> Un traître, un scélérat, un perfide, nn menteur.
>
> BOILEAU.

La révolution de juillet a enfanté le système de la lâcheté et de l'agiotage; — la friponnerie et la flouerie ont trouvé des émules et des protecteurs parmi nos gouvernants.

— Mieux que cela, — l'infâme métier d'agioteur a été récompensé; — des voleurs émérites ont été décorés, choyés, fêtés, nommés à de hauts emplois.

L'usure, cette livide prostituée, s'est assise dans les fauteuils de la pairie et de la magistrature, parce que ces places valent du bon argent; — elle a brigué les banquettes de la députation au prix de quelques mille francs jetés à la cupidité de vils électeurs.

Et cet argent n'est qu'un prêt, — un prêt que ces plats imbéciles rendront en partie, à gros intérêts, par le canal du budget; — car ils auraient dû savoir — que ces banquiers, devenus banquistes, sont gens à faire payer leurs votes.

Tout au contraire, le peuple, le bas peuple, est châtié à outrance. — S'il ose demander son pain en échange de durs et grossiers travaux, on l'envoie en pension dans les prisons de l'état.

A l'heure qu'il est, des milliers de malheureux ont la baïonnette sur la gorge pour les empêcher de crier : — du pain !

Partout, le régime du tripot et de la friponnerie a trouvé protection aux dépens du peuple mourant de faim !

Partout, on déchire à coups de mitraille le peuple qui demande un salaire contre son travail !

Bientôt la France ne sera plus qu'une vaste forêt infestée de scélérats patentés et rubantés !

Bientôt la France de nos pères, ne sera plus qu'un immense butin que les brocanteurs et les juifs se disputeront !

Voilà le résultat que nous vaut le système guizotin ; — avec un gouvernement anglais, nous sommes obligés de devenir Anglais, c'est-à-dire : — qu'il y aura dans le pays quelques milliers d'accapareurs, — et trente-cinq millions de mendiants !

Mais la mendicité étant un délit prévu par les articles 274 et suivants du Code pénal, nous serons trente-cinq millions d'opprimés.

Peuple, prenez-y garde ! ! !

III.

> Endurcis-toi le cœur. Sois arabe, corsaire,
> Injuste, violent, sans foi, double, faussaire.
> BOILEAU.

Dernièrement, voyageur de banquette des messageries Caillard, j'avais cédé ma place à un vieillard, et j'étais assis côte à côte du postillon. — Le disque argenté de la lune éclairait la route et semblait couvrir la plaine d'un vaste linceul. — Nous traversions alors la Sologne, — la pauvre Sologne, triste et silencieuse comme tout ce qui est pauvre; — la Sologne que j'aime tant, parce que personne ne l'aime, parce qu'elle est pauvre et misérable comme le peuple.

Le silence absolu, je dirai presque poétique, qui régnait sur la route invitait à la rêverie. — Les cinquante grelots de l'attelage donnaient seuls signe de vie; — cette symphonie, aussi monotone que bizarre, ne tarda pas à s'emparer de mes sens : — il me semblait entendre des milliers de voix entonner des chants patriotiques; — puis ces voix, s'éloignant en mesure, laissaient arriver à mes sens engourdis des chants plaintifs et doulouroux qui saignaient mon cœur [1].

Cette bizarre musique tint mes esprits enchaînés parfois durant un long relai; — je surprenais dans ces sons mélancoliques et parfois énergiques des paroles de *la Marseillaise*, du *Chant du Départ*, le *Ah, ça ira*; — il y avait dans cette étrange illusion, du sabbat bohémien et de l'ouragan populaire. — J'aurais donné dix années de ma vie pour être quelques secondes, un Lamartine, afin de

[1] Voir Note 3.

reproduire ce qui se passait dans mon âme. — J'aurais voulu, que Guizot, eût mon cœur et ma peau un seul instant, afin qu'il entendît cette énergique protestation ; — pour qu'il comprît enfin les plaintes d'un peuple à qui l'on dit : Vis de ta misère, c'est ta part.

Le cœur gros et plein d'émotion, je me pris à méditer sur l'injustice des hommes.

Pauvre Sologne ! ceux qui te jettent ainsi leur mépris sont tes ennemis et tes bourreaux ; — ils voudraient te voir abandonnée de tes enfants, dont ils feraient des scélérats et des escrocs. — Mais tes fils, ô pauvre terre, ont le courage de te servir encore, malgré ta misère ; — ils te révèrent, parce que tu es la seule nourrice que Dieu ait donnée aux hommes, et qu'ils ont confiance et espoir en Dieu.

Courage, Solonnais ! soyez pauvres et unis ; car ceux qui ont voulu faire germer le vice dans vos cœurs en reniant votre sol, ne sont point comme nous les enfants de Dieu : — ce sont des scélérats vomis par les mauvais génies, et qui ont à cœur de nous opprimer comme de viles créatures !

Oui, pauvre Sologne ! les impies et les brocanteurs t'ont reléguée comme une misérable terre, comme une ingrate. — Ces hommes qui prostituent la patrie, qui souillent tout ce qu'ils approchent, ces spéculateurs qui boivent à longs traits la sueur du peuple, t'ont reniée, — ils t'ont profanée ; pauvre terre, toi qui ne demandes que des soins et la nourriture obligés, toi, vieille mère du pauvre !

Autrefois, Caïn, jaloux, tua son frère Abel ; — aujourd'hui, on martyrise sa vieille mère lorsqu'elle ne produit point de l'or à pleines mains.

Les renégats te méprisent et insultent à ta misère. — Du sein de l'orgie, ils t'ont dédaignée, honnie ; — mais patiente, mère, les enfants qui te sont restés fidèles sont pauvres et ne peuvent subvenir à tes besoins ; mais des jours meilleurs sont attendus, et ceux qui voient ta souffrance et ton abandon s'uniront à ceux qui t'aiment pour te prodiguer la substance ; car jamais une mère ne fut ingrate ; ceux qui osent le dire — en ont menti !

Dieu a permis que la France entière ne fût pas la proie des vautours qui rongent ses entrailles ; — la Sologne a été épargnée, elle est restée vierge au milieu de la rapine des accapareurs de propriété : — puisse-t-elle échapper encore à la cupidité de ces vampires qui voudraient faire, à vils prix, marché de cette contrée, qu'ils ont intérêt peut-être à dédaigner pour mieux s'en emparer.

IV.

> Que J.... vive ici, dont l'adresse funeste
> A plus causé de maux que la guerre ou la peste.
>
> BOILEAU.

Que M. Georges Dairnvaell me pardonne : selon moi, il a trop infatué M. Rothschild en lui donnant un titre dont il est indigne. — Jouons sur les mots à double entente, mais sur ceux que l'on doit respecter, je n'en suis pas [1].

Selon M. Dairnvaell, *roi des Juifs*, signifie aujourd'hui chef d'une bande d'agioteurs, de brocanteurs, de monopoleurs, etc. ; — pourquoi ne pas le dire alors ? — pourquoi gonfler un homme à le faire crever ? cela n'est pas bien, monsieur Dairnvaell, cela n'est même pas prudent.

[1] Voir Note 4.

Je n'ai jamais entendu parler que d'un roi des Juifs, et celui-là méritait bien ce titre, s'il est vrai que les Juifs de son temps, étaient le peuple privilégé de Dieu. — J'en doute, mais qu'importe?

Rothschild, roi de l'agio, — passe encore! — mais roi des Juifs, — je le nie! — dût-il ne pas m'oublier dans son testament.

Cette vieille nation juive que la corruption, l'égoïsme, la lâcheté et la brocante ont rongée, ne mérite pas un affront aussi sanglant! — convenons-en, morbleu, convenons-en! Ménageons les plus vieux proscrits du monde, à qui nous avons toujours offert l'hospitalité, même dans des temps de préjugés; — dussent-ils s'en formaliser et nous rendre ce qu'ils nous ont grugé, — ce qui serait édifiant.

Rothschild, *juif des rois et de ceux qui ont bonne caution,* — ceci vaut mieux à mon avis! — ceci vaut mieux, dis-je! — car, malgré le dénigrement du nom juif et l'abjection dans laquelle la nation juive est tombée, — il n'y aura jamais et il n'y a jamais eu qu'un *roi des Juifs*, s'il faut en croire leur histoire, écrite par *eux*, bien entendu.

Quant à dire :— que ces gens-là auront un jour un roi et une patrie à eux! je ne puis en répondre, ni eux non plus : — ils ont mieux que cela! — ils ont pour roi, l'or! — pour patrie, la terre! — oui, la terre, la terre promise, que le diable leur a donnée pour rapiner les enfants de Dieu.

Laissez-les attendre le Messie, car ce Messie, c'est le monopole de l'univers à leur profit, c'est la mise en régie de notre pain et de nos libertés qu'ils convoitent!

Le Christ, j'en conviens, avait mal choisi son peuple; ce n'est pas sa faute, — c'est la leur; — il a prêché à des hommes incompétents la liberté, l'égalité et la fraternité; il n'y a rien de surprenant! les bons conseils s'en vont toujours aux oreilles des méchants. — Il a chassé du temple les marchands; cette leçon n'a point non plus profité aux descendants de ses sujets; il ferait beau de la voir renouveler en faveur même des juifs catholiques, qui ne valent pas mieux!

Le roi des Juifs a prêché la charité; le juif des rois est incapable de la faire ! Ce commerce-là ne rapporte ni prime, ni intérêts, — et M. Rothschild n'est pas homme à placer son argent à fonds perdus; — à peine est-il même poli avec ceux qui n'ont pas le sou. — En voici un exemple :

Un mien parent, homme de quelques capacités, écrivit à M. Rothschild au mois de février dernier pour obtenir de l'emploi dans le chemin du Nord; — jamais M. Rothschild n'eut l'honneur de lui répondre. — Peu de temps après, mon parent écrivit de nouveau ; — la réponse est attendue. — Enfin, poussant la sollicitation jusqu'au plaisant, il demanda un prêt : — le prêt n'arriva pas. — Plaise au ciel que les intérêts ne soient pas exigés.

Dans le chemin, Rothschild, comme dans toutes les administrations, — on tient plutôt à des sujets recommandés, qu'à des malheureux capables ; — un mot d'un évêque suffit pour vous caser. — Grâce à la civilisation, juifs et catholiques, à présent s'aiment comme gueux ; — c'est un véritable progrès qui sent le miracle. — L'unité des..... faiseurs de pauvres, commence à se réaliser ; l'agio pourra un jour fouetter la foi.

Gare à ceux qui n'en ont pas !

V.

> Je n'aperçois partout que folle ambition,
> Faiblesse, iniquité, fourbe, corruption.
> BOILEAU.

Il ne suffisait pas que la corvée eût reparu en France, les corporations et les jurandes se rétablissent audacieusement, parce que l'impunité leur est acquise. — Aujourd'hui comme autrefois, ce sont les riches qui s'emparent des entreprises et des industries dans lesquelles les capitaux peuvent ou non produire.

La question n'est point de savoir s'il y aura ou non chance de succès ; — c'est là une niaiserie qui ne passe pas le seuil de la Bourse. — Il suffit à nos faiseurs, d'embaucher des actionnaires pour placer des coupons ; — cette opération préliminaire terminée, les brocanteurs d'actions sont assurés de palper quelque chose de la recette, car là : — qui touche, mouille. — Et, soit au moyen de fusion, de liquidation, de prime, de ravaudage quelconque, les chauffeurs de la bourse augmentent leurs capitaux sans débourser un sou. — Il n'y a que quelques milliers de dupes qui font les frais ; — aussi, par le temps qui court, — est dupe qui veut, puisque pour devenir fripon, il faut faire un apprentissage que l'on paye volontiers :

Notre bourgeoisie en sait quelque chose.

Les gens de cœur, ceux qui ont encore quelque dignité, accusent nos ministres d'être les complices moraux des monopoleurs et des agioteurs ; je crois que ces hommes ont raison. — Chacun de nos ministres sait faire l'âne, — et s'il le fait, — c'est pour avoir du son.

Niera-t-on que, l'an dernier, les accapareurs de pommes de terre sont restés inconnus à la police?

Niera-t-on qu'ils ont promené de ville en ville, des bateaux de pommes de terre et ont fait produire la hausse en tous lieux?

Je connais, moi, un manant qui à lui seul, a gagné plus de 30,000 francs sur cette opération, en déplaçant les approvisionnements.

Niera-t-on qu'il existe en ce moment des accapareurs de grains? qu'on l'ose! et je le prouverai, moi!

Niera-t-on qu'une société secrète d'industriels juifs, exploitent Paris et même la province, et vont au devant des commerçant gênés, leur offrir 10,000 francs contre 40,000 francs de marchandises? — Souvent ces braves gens sauvent ainsi leur honneur au moyen de ce secours inattendu; mais ils ont sacrifié leur avoir, qui est tombé dans la gueule de l'agio. — Si c'est là une fatale nécessité, que l'on me fusille alors, — car elle tue la fabrication en assassinant l'ouvrier.

Niera-t-on que les entreprises de roulage et de messageries sont monopolisées et ruinent les petites entreprises qui se fondent pour aider le commerce?

Niera-t-on que le trésor est frustré d'une partie de ses recettes par le lavage des lettres de voiture de ces entrepreneurs, moyennant 10, 12 et 15 francs le cent.

Oserait-on me donner un non pour un oui, — si j'affirme que des maisons de roulage rachètent à leurs correspondants, leurs lettres de voiture à 15 francs le cent? — et cela pour gagner une somme de 5 à 10 francs sur le trésor.

Est-il vrai que, lorsque les dépenses dépassent les recettes, c'est le bas peuple qui solde la différence? tandis que certains scélérats vivent luxueusement et en parfaite sécurité avec le produit de leur friponnerie.

Niera-t-on que les *maîtres* sont monopolisés pour maintenir la baisse de la main-d'œuvre ?

Niera-t-on que la vertu des femmes du peuple, est livrée à ceux qui possèdent, si elles veulent obtenir du travail dans les ateliers? Que l'on dise que ce n'est pas là aussi un honteux trafic.

Niera-t-on que les hôteliers, sur les routes, sont tous ligués pour sangsuerer à qui mieux les voyageurs [1]?

Niera-t-on que nos gros et petits bourgeois, recherchent avec avidité les opérations hasardeuses pour mieux escroquer le public et faire fortune au galop ?

Niera-t-on que cette gangrène tend à dévorer la France entière, si on n'y prend garde?

Pourquoi donc le peuple n'a-t-il pas le droit de se coaliser contre tant de turpitudes et d'iniquités?

Pourquoi la justice ferme-t-elle les yeux sur tant de méfaits?

Demandez-le aux gouvernants?—car tous ces hommes impudiques sont électeurs, — et en grande partie électeurs guizotins, — c'est tout dire !

Pourrait-on me dire aussi à quoi servent les couvents de femmes et les prisons ? — Bien des gens l'ignorent ; — alors, je vas le leur dire.

Une corporation est composée de femmes qui ont reconnu leur insuffisance dans la société ; — n'ayant point la vocation ni le bon cœur d'être utiles, elles vont chercher dans la retraite la quiétude et l'abondance qu'elles ne pourraient trouver isolées. — Ces saintes filles, apportant en société leur petit patrimoine, la corporation réalise ainsi un revenu plus que nécessaire pour vivre largement et couler des jours tranquilles. — Mais je n'ai pas besoin d'ajouter : — que les êtres qui n'ont point de penchant pour le bien l'ont ordinairemeut pour le mal ;

[1] Voir Note 5e

— et dans les villes où il y a de ces maisons, les intéressantes créatures du ciel, ont accaparé tous les travaux d'aiguille chez les confectionneurs, et exécutent ces travaux pour 50, 60 et 90 centimes, au lieu que les femmes et filles du peuple obtenaient deux et trois fois ce chiffre.

Que les philanthropes et les prétendus sages, viennent donc demander pourquoi les filles du peuple se prostituent! on leur dira : — C'est pour du pain!!!

Dans les prisons et même dans les dépôts, on forge, on tisse, on polit, on exerce cent industries diverses pour le compte d'un entrepreneur adjudicataire, — lequel ayant un rabais considérable sur la main-d'œuvre, livre à la consommation, à des prix tels, que les entrepreneurs particuliers se ruinent; — et l'ouvrier, pour avoir du pain, est obligé de le voler, après quoi il va grossir le nombre de ses concurrents.

Allons donc! gens du pouvoir, ayez donc une fois des entrailles d'homme; — et au lieu de vous occuper de vos affaires, occupez-vous enfin de celles du peuple, de ce peuple qui vous paye avec son labeur, — de ce peuple qui vous pardonnerait vos injustices et vos crimes, pour vous porter en triomphe sur ses épaules, si vous aviez le cœur d'améliorer son sort!

Riches astucieux, gouvernants, je ne vous en veux point; — je suis l'enfant du peuple et je souffre avec lui; évitez la lutte que vous n'avez que trop engagée, si vous voulez sortir triomphants.

Souvenez-vous que la voix du peuple est celle de Dieu [1]!

[1] Voir Note 6.

VI.

> Mais la postérité d'Alfane et de Bayard
> Quand ce n'est qu'une rosse, est vendue au hasard.
>
> Boileau.

Le siècle de la juiverie, de l'égoïsme, du mensonge et de la lâcheté, a corrompu tous les ressorts du pays.

A entendre les discours officiels et les hyperboles de nos hommes d'état, ne dirait-on pas que le peuple jouit d'une prospérité sans égale? — De tels mensonges ne sont-ils pas faits pour contenir une partie du peuple qui croit l'autre en pays de Cocagne?

Journalistes sans âme, grugeurs du budget, ministres éhontés! — ôtez donc le pied qui serre la gorge du peuple, et il vous donnera un sanglant démenti! — Son ventre creux, son estomac délabré par l'épuisement et la privation, feront contrastes avec vos fallacieux discours!

Médiocre écrivain, petit logicien, j'ai jusqu'ici *contenu* ma plume pour ne pas vous abreuver de mon fiel; — mais, outré de votre ignoble audace, il faut bien, qu'enfant du peuple, je vous dise en face la vérité. — Qu'ai-je donc à craindre? La critique des uns, la prison ou la police des autres? — Eh! que m'importe! — Ni les sottises de ceux-ci, ni la justice de ceux-là ne m'empêcheront de revendiquer les droits du peuple!

Partout où Dieu et le soleil vivifient la terre, où l'air donne la vie, je combattrai pour la liberté, l'égalité et la fraternité. — La corde au cou, je montrerai au doigt les ennemis du peuple!

Faites-moi l'ennemi de la société dans laquelle nous, peuple, nous sommes ou non compté, — du roi et de l'état ; — invoquez une inviolabilité que le peuple n'a jamais souillée comme vous, et vous aurez un crime et une lâcheté de plus, à ajouter à vos états de service.

Vous tous, qui avez les yeux fixés sur nous, qui enviez notre sort, apprenez donc à mieux connaître les actions de nos gouvernants et à mieux interpréter leurs paroles.

Voulez-vous une preuve de la prospérité toujours croissante de la France? Visitez ses villes, et vous vous convaincrez du captieux langage de nos hommes d'état, lorsque vous verrez, que partout, on agrandit les hôpitaux et les dépôts, pour y emprisonner l'enfance et la vieillesse sans pain et sans asile.

Et l'on ose appeler cela de la prospérité !

Que l'on me fusille si ce n'est pas une attestation flagrante de la misère croissante!

Les sots, les agioteurs et les monopoleurs, chantent le progrès ; — mais cette infâme vanterie n'a d'écho que pour mieux apprécier le cynisme de ceux qui nous pillent.

Gens qui vous hébergez des millions du budget, gens gorgés d'or, vous invoquez le progrès ! — Ma foi, il est beau le progrès ! car partout on agrandit les cours d'assises et les prisons pour y traîner l'ouvrier voleur, assassin, qui dépouille autrui parce qu'il ne peut produire le pain à sa malheureuse famille !

Viendra-t-on me dire — que je tranche bien lestement la cause des crimes, en en rejetant la faute sur la misère?

Nos gouvernants savent mieux que moi, que les pays exemps d'agio et de monopole n'ont pas à déplorer autant de crimes ; ils savent aussi qu'en pays où la justice s'obtient à bas prix, le nombre des vengeances est restreint [1] ; — ils savent aussi que le travail ne suffisant

[1] Voir Note 7.

pas à la nourriture de l'homme, il faut qu'il vole pour ajouter du pain à son pain.

N'en déplaise aux publicistes, économistes, progressistes, indifférents, féaux seigneurs juifs ; — nous allons de mal en pis.

Je pose la question :

Quels bienfaits devons-nous attendre des chemins de fer?

Ceux-ci m'ont déjà répondu : — Les chemins de fer civiliseront et relieront les peuples ; les patriotes lillois iront en quelques heures, embrasser leurs frères de Marseille. — Ceux-là me répondent que l'on traînera le public et les marchandises à meilleur marché. — Les uns, que c'est un progrès pour les communications. — Les autres, qu'ils n'en savent rien ; que ceci leur est bien égal que ce soit comme ci ou que ce soit comme ça. — Quant aux derniers, ils se taisent... pour cause ; — ils préfèrent nous voler !

Tous ces gens-là ont raison, et moi je n'ai pas tort d'avoir raison. — Voilà du résolvant.

Moi, paysan, je dis d'abord que je me respecte mieux que l'égal d'un caniche, et que, pour le plaisir d'aller embrasser mes frères de Marseille en quelques heures, je ne puis leur sacrifier ma chair pour en faire du bœuf à la mode et arriver parmi eux avec des courbatures et des douleurs.

Fi donc ! tas de juifs, vous nous donnez à nous, pauvres, pour le même argent d'une bonne diligence, des banquettes de bois, des dossiers de même bourre ! — Allons donc! vous auriez l'intention de nous casser les reins, après avoir vidé nos poches? — Vous espériez peut-être que nous ferions un léger sacrifice de 10 centimes par lieue pour vous enrichir plus tôt! — pas vrai ? — pas vrai[1]?

[1] Voir Note 8.

Les chemins de fer, dites-vous, civiliseront et relieront les peuples? j'en doute. — Comme je vous le dis, le campagnard ne voyagera pas, il ne pourra se civiliser, attendu que son village ne sera plus visité par les étrangers, par les diligences, par les chaises de poste qui étaient parfois obligés de s'arrêter parmi eux; — vingt-sept millions de campagnards seront donc plus que jamais, livrés à leurs curés et à leurs sous-préfets. — Les marchands seuls fraterniseront pour mieux gruger le public; — comme si ces gens, avaient besoin d'aussi puissants moteurs pour nous piller.

Ensuite, les chemins de fer sillonnant la France, qu'adviendra-t-il? Moyennant 30 francs de la tonne de 1000 kilogrammes, on transportera les marchandises et denrées à soixante lieues d'un point; — les accapareurs de toute espèce achèteront sur un point, y feront nécessairement subir la hausse, puis revendront aux premiers vendeurs; — et le consommateur sera la dupe de tout ce trafic;—c'est-à-dire : que les trente-cinq millions de pauvres mangeront leurs récoltes, après avoir payé une contribution inconnue jusqu'ici et que l'on peut appeler d'avance la contribution de l'agio, car elle ne profitera qu'aux juifs.

Ceci doit suffire, selon moi, pour prouver que les agioteurs et les brocanteurs seuls, veulent des voies ferrées, parce qu'ils doivent y trouver leur compte. — Quant aux journalistes qui nous prônent les bienfaits à attendre des chemins de fer, — je les plains; car ils sont dans l'erreur, comme ils l'étaient encore pour l'embastillement de Paris.

VII.

Un si bas, si honteux, si faux christianisme
Ne vaut pas de Platon l'éclairé paganisme.
BOILEAU.

Toutes les fois que les peuples se sont montrés égoïstes et indifférents, ils ont été châtiés sévèrement dans leurs institutions et leur bien-être. — Que l'on parcoure l'histoire des nations, et l'on verra que dès qu'un peuple a fait fi de sa dignité, il est tombé sous le joug le plus effréné.

Rome connut l'indifférence, l'usure et la mollesse, et Rome est morte, étouffée dans les tenailles du catholicisme; — Rome n'est plus une nation ; — c'est un domaine, que le plus insolent et le plus éhonté fanatisme a livré à une poignée d'agioteurs, qui, au nom de la croix, violent depuis dix-huit cents ans les lois les plus saines données par le Christ, qu'ils ont l'insolence d'invoquer.

Durant dix-huit siècles, cette poignée d'aventuriers, a passé sur le corps de tout ce qui était libre et raisonnable; — quand l'enfer était impuissant, — le fer, le poison, le feu, les tortures, y ont suppléé, pour mieux fonder leur immense monopole. — La menace à la bouche, le poignard à la main, ils se sont assis en maîtres sur les débris de sages lois en dénaturant l'esprit et la volonté de l'Évangile.

Les peuples et les rois ont tremblé devant leur audacieux cynisme; — les peuples par fanatisme, les rois par faiblesse, ont été obligés de s'abaisser humblement et de les reconnaître pour maîtres.

Depuis la révolution de 89, les tendances du catholicisme se sont un moment arrêtées, et si nous n'y mettons obstacle, nous retomberons sous l'oligarchie des prêtres.

L'histoire nous dit — que les juifs, par leur législation, leurs usages, leur vanité, leur avarice, leur cupidité, devinrent les ennemis naturels du genre humain. — Il y a lieu de croire que le catholicisme, marchant de turpitude en abjection, ne devienne un jour le fléau de l'humanité, si l'humanité ne l'écrase avec l'Évangile même!

Quoi de plus cupide en effet que ces hommes qui se prétendent les envoyés de Dieu? — Allez chez un juif marchander un crédit ou un prêt, il ne vous fera pas grâce d'un *iota*. — Implorez un prêtre pour obtenir son ministère gratuit, et il vous chassera comme un manant.

Le juif vend son or contre de l'or; — le catholique vend ses paraboles, ses prières, ses abstinences, son culte, ses images, son eau bénite et tout ce qu'il a inventé. Je voudrais que l'on me dise quel est le plus juste des deux brocanteurs? — Le juif est humble avec ses clients, le prêtre est insolent et superbe [1].

Autrefois, nous étions les vaches à lait des rois, des nobles et des prêtres; aujourd'hui, nous sommes les moutons des ministres, des prêtres, des bourgeois et des juifs, et lorsque la laine ne suffit pas, on boit le sang du troupeau.

Autrefois on dupait le peuple au nom d'une trinité habilement conçue : — Père, Fils et Saint-Esprit, laquelle signifiait : rois, nobles et prêtres. Aujourd'hui, il faudrait ajouter un mot au trio pour mieux mystifier encore la trinité du Christ [2]; mais ce mot n'est pas encore trouvé!

1 Voir Note 9.

2 L'auteur publiera incessamment *l'Évangile du Christ expliqué.*

Quoi qu'en disent les intéressés, nous n'avons pas fait un pas vers les lois de Dieu, nous sommes dans un dédale d'intrigues et de supercheries dont nous ne sortirons triomphants qu'en appelant la vérité et la raison à notre aide.

Si le catholicisme ne veut pas être abhorré comme la juiverie, il est temps que le pape, qui est honnête homme, vienne au secours des peuples opprimés par la cupidité et le mensonge, et change en vraie religion ces programmes exécutés à son de cloche, au moyen desquels : — on vole et l'on se confesse, on escroque et l'on fait un acte de charité, on ment et l'on communie, on rapine et l'on fait un acte de foi. — Il est temps que les prêtres, comme le peuple, soient régis par des lois, et qu'ils ne les violent pas comme ils le font chaque jour.

N'est-il pas vrai que, malgré la loi, les prêtres, dans certaines villes, s'obstinent à faire des processions dans les rues, et outragent en passant les temples des autres cultes?

N'est-il pas vrai que la police de ces villes, escorte les processions et brave elle-même la loi?

Est-il vrai que, lorsqu'un ménage du peuple oublie de balayer sa porte, cette même police l'en tient quitte, lorsqu'il a payé l'amende et les frais, s'élevant de 6 à 15 francs?

N'est-ce pas aussi un commerce honteux, que le clergé des villes du nord fait faire à son profit en promenant de porte en porte un pot d'eau bénite pour l'appât de quelque argent? — Il est tellement prouvé que c'est pour de l'argent, que, si un *fidèle* s'avise de ne rien donner, l'homme d'église ne reparaît plus, et le montre au doigt.

N'est-ce pas un trafic digne de l'agio et du tripot?

Nos législateurs ont anéanti la mendicité; — et cette curée des âmes charitables, est passée à l'Église. — L'Église mendie en public, de porte en porte, et le pauvre n'a ni pain, ni feu, ni lieu, si ce n'est le dépôt, aux dépens de sa liberté et de sa santé!

Il y a des gens assez ignares, ou assez généreux, qui me diront que l'aumône faite aux prêtres s'en va dans la besace du pauvre. — Bonnes gens, je vous plains; car ces hommes ont dit : — charité bien ordonnée commence par soi-même.

Peuples, ralliez-vous aux lois du Christ mort pour l'unité et la vérité; — souvenez-vous que la nation juive est tombée sans retour parce qu'elle a nié sa mission, et qu'elle s'est vautrée dans l'égoïsme, la cupidité, les mystères et le mensonge.

Le catholicisme est, aujourd'hui, le bras droit de la juiverie, et vous n'avez à attendre de lui qu'humiliations et misère. — En bon et véritable chrétien, je dois vous en avertir!

VIII.

> Et dans leur âme en vain de remords combattue,
> Trace en lettres de sang ces deux mots : Meurs ou tue.
> BOILEAU.

La Restauration a été un véritable triomphe pour quelques crétins.—Parmi ceux-ci on peut, et l'on doit compter ces vandales sans conscience, que l'on nomme journalistes.—

A cette époque l'on commença à mettre l'honneur à l'encan; les consciences équivoques s'aplatirent au niveau de la légitimité.

Au nom de l'humanité, dont ils n'étaient que les excréments, on vit ces gens vendre leurs sophismes au poids de l'or.

Les parvenus de bas étages soutinrent, à force de baïonnettes étrangères et de vile prose, l'agio qui commençait à montrer sa tête; — et c'est dans le dévergondage et le cynisme de ces rebuts humains, que l'hydre prit naissance.

Les rhéteurs s'accrurent, et la France fut confisquée au profit des agioteurs et des brocanteurs, qui n'osèrent cependant pas l'exploiter encore.

Le bras du soldat empereur avait contenu trop longtemps cette bande avide d'excès et de friponnerie; — elle n'attendait qu'un moment opportun pour se ruer à corps perdu sur la fortune publique, et se rassasier des économies faites par le pauvre peuple.

Enfin, l'ouragan de 1830 arriva, et pendant que le peuple, enorgueilli de ses prétendus succès, se reposait dans les bras de l'avenir, les marchands de prose, — vendus au pouvoir et aux usuriers, — fascinaient les yeux du public par de pompeuses annonces d'entreprises qui devaient faire rouler l'humanité en carrosse à six chevaux ; les Cléemann, les Macaire, vidaient les poches du peuple, à qui il ne resta rien... que la confiance de moins ; plus, la perspective de devenir faussaire ou fripon.

Aujourd'hui, que cet ignoble tripot n'a pu rassurer tous les intérêts, et qu'il faut manœuvrer avec plus de prudence et d'artifice, — le budget, et ceux qui ont besoin de tricher le public, ont jeté un os à leurs aboyeurs, et les entretiennent comme de viles prostituées — dans la débauche et l'orgie.

Et c'est souvent au sortir d'une taverne, que ces *honnêtes* faiseurs de phrases viennent nous vanter l'humanité; — non pas l'humanité mourant de faim, mais bien l'humanité ivre et fatiguée de son bien-être; crevant sous les bienfaits de la philanthropie, et ceux non moindres de leurs patrons.

Il est des sots qui croient aux discours de ces défenseurs d'une cause qui n'est même pas une cause, si ce n'est une mauvaise. — Qu'ils mettent donc l'impartialité sur des tréteaux, et la fassent juge; — ils verront si les cheveux ne se hérissent pas sur la tête du public, si le cœur ne se soulève pas de dégoût et d'indignation en entendant leurs fariboles.

Mais ils se donneront bien de garde d'appeler leur juge souverain, dans la crainte de recevoir le prix dû à leurs services; — ils se contenteront toujours de mentir et vociférer indignement, au nom de l'humanité;—mais quant à la faire juge dans leurs débats, ils ne s'y hasarderont jamais, la leçon pourrait être violente, — et de pareilles gens n'ont pas assez de cœur pour se défendre en cas d'attaque : — les âmes viles sont très-ordinairement lâches et décrépites.

Voit-on leur polémique engager une question d'honneur et de vertu ?—Mais ils en sont marchands; — leurs patrons en ont de trop, et le trop plein doit être livré au genre humain, qui en a peu, ou pas.

A les entendre, ceux dont ils prônent les hauts faits, sont des saints à mettre en châsse, des chérubins capables des plus grands sacrifices, pour être agréables à Dieu et à l'univers, des innocents, à qui on ne peut même pas reprocher l'apostasie, ni le voyage de Gand, ni les mille et un tours de fourberie et de bassesse dont ils se sont rendus coupables.

Pauvre public! on vous berne de maximes, d'hyperboles et de paraboles qui ne valent pas une obole; tous ces marchands de vertu, ces vanteurs de l'humanité, sont des êtres à livrer le genre humain pour s'enrichir de sa défroque.

A tous bons entendeurs, je soutiens pour bien dit : Que

tant que les rhéteurs, les sophistes, les journalistes ministériels, et préfecturaux, auront le droit de déblatérer, nous ne serons qu'un peuple bâtard, indigne de bien-être [1].

Tant que ces pornographes ne seront pas rossés comme ils le méritent, le peuple français, passera aux yeux des gens intègres pour un écervelé qui n'a point la conscience de ce qu'il veut.

IX.

> Voit-on les loups brigands, comme nous inhumains,
> Pour détrousser les loups courir les grands chemins ?
>
> BOILEAU.

Quand on envisage bien à quel degré d'avilissement, nos gouvernants, les agioteurs et les rhéteurs, nous ont réduit, il faut se demander si une société tellement avachie peut encore exister sans craindre de terribles commotions.

En effet, pour croire à la perpétuation, et à la continuation d'une société qui n'est pas une société (puisqu'elle se compose d'intérêts opposés à la bonne harmonie), il faudrait être dépourvu d'intelligence et de sens commun.

Que veut-on faire d'une société telle qu'elle existe, et qui n'a ni force, ni courage, ni dignité, ni foi, ni loyauté, ni confiance, ni principe, ni doctrine, ni religion, ni charité ?

[1] Voir Note 10.

Romulus avec une bande d'aventuriers jeta les premiers fondements de Rome, et bientôt ils devinrent les arbitres du monde, — mais ces aventuriers avaient précisément ce que nous n'avons plus.

Et quand Rome, maîtresse de la terre, n'eut à offrir qu'un honteux fanatisme, qu'une lâche cupidité, qu'un ignoble luxe, que d'infâmes sophismes, que de crapuleuses mœurs, Rome tomba sous la pique du barbare pour ne plus se relever !

Le sort de Rome est celui qui attend les nations où l'unité et la vérité seront méconnues ; et si j'invoque ici le souvenir de Rome, — c'est que je crains que le cosaque, profitant de notre désunion, ne vienne à son tour tracer avec son fer, l'épitaphe de la France !

Dans la société actuelle, chacun répond : Moi, au qui vive! et des lois de Dieu, de la Trinité, du Christ, il ne reste rien, qu'un affreux chaos !

Où va donc cette société, mon Dieu ?

Qu'un homme de rien, comme moi, demande un service à un heureux du jour ; il sera chassé, honni, vilipendé.

Qu'il exige service pour service, il sera montré au doigt comme un infâme.

Qu'il s'adresse à un communiste, celui-ci lui répondra qu'il se suffit à lui-même en attendant mieux.

Qu'il s'adresse au boulanger pour avoir un pain à crédit, le boulanger lui dira qu'il livre son pain contre argent.

Et si la plainte sort de sa bouche, il sera bafoué, hué, de crapuleux sarcasmes.

Veut-on qu'une société où il n'y a ni cœur, ni âme, ni générosité, puisse se perpétuer ? — Veut-on faire de notre France une terre de gémonies ?

Que devient la famille dans ce dédale de petitesses et de récriminations ?

Le père dissipe le patrimoine de ses enfants; — le fils, rudoie son père qui réprouve ses actions; — le frère ruine son frère par toutes les machinations de l'esprit; — le frère livre et prostitue sa sœur par l'appât de quelques écus; — la fille repousse sa vieille mère sans pain et sans asile; — le mari empoisonne sa femme pour jouir seul des bénéfices du contrat; — la femme, pour devenir libre de ses actions, intente une séparation, et se prostitue après.

Toutes ces ignominies se voient parmi la société, parce que les intérêts sont divisés; parce que la cupidité étant le besoin particulier du moment, il faut qu'à tous prix chacun ait son compte; parce qu'enfin le régime de la peur a gagné tous les esprits, et que l'on ne vit plus que dans des transes continuelles.

Voilà le régime que nous fait le gouvernement, corrompu par la juiverie.

Qu'il s'en vante!

Il est temps que le peuple se rallie à son roi, et lui dénonce ses ennemis; car plus il attendra, plus les difficultés seront insurmontables; — et le jour où le peuple fera un pacte avec son souverain, sera celui de l'union des hommes, celui de la liberté, de l'égalité et de la fraternité.

X.

La corruption est un chancre qui ronge la société actuelle ; — heureusement le cœur n'est pas encore atteint, nos campagnes ne sont pas encore entièrement pourries de ce mal, mais il ne peut que tarder.

Avec des gouvernants lâches et corrompus, nous avons tout à craindre.

Avec des juifs qui marchandent depuis longtemps nos libertés et notre sol, nous devons nous attendre à tout.

Pour assouvir leur cupidité, les juifs ont sacrifié leurs lois et leur patrie ; — peu leur importe de sacrifier le pays qui leur accorde l'hospitalité, pourvu qu'ils se gorgent tout d'un coup de sa dépouille ?

Au premier son de trompe, cette nuée d'oiseaux de carnage peut donner le signal de mort et de pillage.

Par le temps qui court, Paris embastillé me semble un affreux cauchemar qui épouvante mes sens. — Autant vaudrait lire dans un bulletin juif : — Paris a été mis à feu et à sang par les brocanteurs et les agioteurs.

Il me semble, rien qu'en écrivant ces lignes, être atteint d'un vertige frénétique ; — que j'entende la bombe et l'obus broyer chaque maison, chaque édifice ; il me semble entendre les cris des agonisants, et les hourras des embastilleurs !.....

Je crois voir les Parisiens combattre courageusement, mais la mitraille et les boulets tombent en pluie de feu sur la valeureuse cité qui s'écroule en amas fumants, et engloutit des milliers de cadavres dans ses décombres.

Des milliers d'Arabes, de Cosaques et d'Anglais sabrent, sur tous les passages, les femmes, les vieillards et les enfants, qui crient : A la trahison ! Mais bientôt Paris,

Paris, la grande et noble ville, l'envie des nations, n'est plus qu'un monceau de ruines sur lequel les juifs et les brocanteurs, sèment le sel de l'ignominie!.....

Au delà des fortifications, dans un séjour de plaisance, je crois apercevoir les féaux seigneurs juifs, au milieu de l'orgie, porter des toasts à la prospérité croissante, et partager avec les sauvages du désert les richesses de la France!...

Puis..... je m'arrête[1]......... C'est un cauchemar épouvantable!!......

XI.

La France est dévorée par une bande de loups cerviers, — Ces hanteurs de tripots ont des ramifications en tous lieux; veillons et sachons respecter les lois.

Ne troublons point les festins de ces nouveaux Balthazar; tant que le peuple sera peuple, Dieu le protégera.

Offrons aux regards de ces Caïn, nos haillons et nos corps décharnés; attendons qu'ils nous accueillent en frères.

Défions-nous de leurs valets, car les serviteurs des grands sont des méchants.

Jetons un morceau de pain à leurs chiens, afin d'éviter leurs morsures.

Enseignons les ignorants, corrigeons les pécheurs, consolons les affligés, donnons conseil à ceux qui en ont besoin, supportons les défauts d'autrui, pardonnons les offenses. —

[1] Voir Note 11.

Donnons à manger à ceux qui ont faim, à boire à ceux qui ont soif.

Soyons unis, restons incorruptibles, et montrons par là, à nos ennemis, que nous sommes invincibles, et que le jour de la vengeance sera pour eux le dernier châtiment.

Repoussons cette lèpre que l'on appelle égoïsme, et le moral nous soutiendra.

Respectons le trône, serrons nos rangs autour ; que le souverain sache que le peuple lui est dévoué, et qu'il peut compter sur ses bras.

Et le triomphe sera assuré.

C[ir] VERMASSE.

NOTES.

NOTE 1.

Les puristes de la brocante appellent *vertu* le plus ou moins d'argent qu'ils possèdent. — Ces impies ont tout profané !

NOTE 2.

Depuis que la bonne foi et la vertu se pèsent au poids de l'or, l'homme qui a de la répugnance pour les actes de friponnerie est regardé comme un niais : — on le méprise, on le fuit, on lui jette la pierre, on s'acharne contre lui, on le montre au doigt, comme un être privé de savoir-vivre, et il doit se trouver heureux s'il trouve son pain au prix de son travail. — L'industriel fait aujourd'hui plus de parias que les bramines n'en firent jamais.

NOTE 3.

Les tintements continuels d'un grand nombre de grelots produisent à l'oreille des accords réellement singuliers : il semble que ce sont des voix accompagnées de musettes, qui s'approchent et s'éloignent tour à tour; et une fois que les sens en sont saisis, on a peine à y refuser une attention qui n'est pas sans charme.

NOTE 4.

Tous les rois juifs prenaient le titre de rois d'Israël ; le Christ seul, si j'ai bonne mémoire, avait pris celui de roi des juifs.

NOTE 5.

Chacun sait que les hôteliers rançonnent les voyageurs ; il serait a désirer que la justice y mît ordre, car il est honteux d'avoir sa bourse presque aussi compromise avec ces industriels, comme elle l'était du temps des Mandrin, des Cartouche, qui, au besoin, auraient pu se faire patenter.

NOTE 6.

Les gens du peuple souffrent considérablement de l'arrogance du riche : — celui-ci est insolent de son importance ; — ceux-là sont humbles de leur insuffisance ; — mais, en attendant, le nuage se charge, et s'il vient à crever, gare ce qu'il arrivera !

NOTE 7.

A défaut d'argent pour poursuivre, le pauvre est obligé d'être lésé, parce que les frais et les lenteurs d'un procès, absorbent souvent plus que la valeur de l'objet contesté. — Les annales judiciaires sont remplies d'exemples qui prouvent que l'homme se fait justice par un acte de désespoir, parce que sa fortune n'y pouvait suffire. L'on a vu de riches plaideurs soutenir leurs prétentions de tribunaux en tribunaux ruiner et lasser ainsi l'adversaire, qui ne perdait qu'à défaut d'argent.

NOTE 8.

Un juif est l'être le plus insatiable du règne annimal.

M. Rothschild a pris désormais le peuple pour ses dindons : — tant qu'il ne l'aura pas saigné, plumé, vidé, il ne le lâchera, pas, à moins d'un bon coup de balai pour lui faire lâcher prise, lui, le crâne des balayeurs.

Il y a des gens ladres qui se fourrent dans le toupet, que le paysan va vendre sa vieille culotte des dimanches pour voyager dans les tombereaux Rothschild ? — Nenni !

N'est-ce pas assez que les cages dont il a gratifié le peuple lui rapportent un intérêt de 22, 80 pour 100, tandis que les mylords-juifs, ne sont cotés qu'à 6, 20 pour 100.

M. Rothschild sait compter pour ménager ses amis ; mais j'ai la prétention d'en savoir autant que lui, pour dénoncer sa sordidité envers le peuple.

Les jolies voitures, dont le chemin de fer du Nord a doté les riches, coûtent au *grand juif*, environ 6,000 francs, et contiennent vingt-quatre places.

Les sales tombereaux qu'il a mis à la disposition du peuple contiennent quarante places et coûtent au plus 1,500 francs chaque.

Les belles voitures rembourrées, garnies, ouatées, donnent, de Paris à Amiens, en les supposant complètes, *ce qui n'arrive jamais*, une recette de 367 francs 20 centimes.

Les cages à ordure donnent une recette presque continuelle de 342 francs.

Or, en calculant le produit de ces deux catégories, on trouve le chiffres que j'ai fixés plus haut ; — c'est-à-dire : que le peuple, pour être éreinté, paye près de quatre fois autant que les riches pour être à leur aise.

M. Rothschild oserait-il avancer que la voie ferrée coûte, en construction, davantage pour une troisième classe que pour une première?

Qu'il avoue donc, avec sa grâce naturelle, que le peuple n'est rien, et que ses pareils sont tout !

Et moi, je dis que, si le public avait du cœur, il forcerait les juifs à lui donner quelque chose pour son argent !

Ce n'est pas tout : — A Creil, le généreux Rothschild a fait établir un buffet, et là, le public se restaure en payant encore quatre fois la valeur de ce qu'il consomme. — Sait-on pourquoi? Parce que ledit buffet doit, tout d'abord, rapporter à son patron Rothschild 6 ou 8,000 francs l'an.

A Amiens, il y a également un buffet loué par ledit Rothschild 15,000 francs, et c'est le public qui paie tout cela.

James Rothschild rançonne tout un chacun ; ainsi : il a la générosité de louer à ses valets, sur la ligne et en plein champ, des maisonnettes à 15 francs.

Les chauffeurs de pieds ne donnaient rien pour l'argent : les juifs, un jour, nous bâtonneront par-dessus le marché.

NOTE 9.

Les gens d'église, aujourd'hui, sont aussi à craindre que les juifs; avec la dévotion, ils accaparent la confiance, et cette confiance se résout en pillages de toute espèce ; — mais l'homme d'église se confesse et communie, et sa conscience se trouve disposée à recommencer tout aussitôt.

En province, on dit aujourd'hui : Gens d'église, gens de sottise; toujours prêts à prendre et jamais à rendre.

Ce langage en dit plus que je ne pourrais en expliquer.

NOTE 10.

Le mensonge étant le vice le plus inhérent du vol, de l'agiotage, de l'escroquerie, de la friponnerie et de la lâcheté, — nos législateurs devraient bien nous faire une loi et établir un bagne pour les imposteurs.

NOTE 11.

Les lois de septembre m'empêchent de dire plus au long ce que j'attends de l'embastillement de Paris.

FIN.

www.ingramcontent.com/pod-product-compliance
Ingram Content Group UK Ltd.
Pitfield, Milton Keynes, MK11 3LW, UK
UKHW022004260726
13994UKWH00004B/1947

9 782329 165011